字的排隊遊戲：

字序變化

怪博士的神奇照相機

文／哲也　圖／許文綺

出版說明

從純粹圖畫的閱讀跨進文字閱讀，是孩子學習語文的一個關鍵階段。作為父母或老師，確實有需要為孩子挑選合適的橋樑書，幫助他們接觸文字，喜歡文字。《字詞樂園》就是針對這個階段的學習需要而設計，有助孩子從繪本開始，循序漸進地接觸文字，順利過渡到文字閱讀。

透過輕鬆有趣的故事，可愛風趣的繪圖，引發閱讀文字的興趣，幫助孩子愉快學習。書內的導讀文章和語文遊戲，均由資深小學老師撰寫，有助父母或老師了解每本書的主題和學習重點，更有效地利用所提供的學習材料。

把文字的趣味與變化，融合在幽默的童話故事裏，先吸引孩子親近文字，喜歡文字，再通過主題式閱讀，增進語文知識，建立字形、字音、字義的基本認識，透過適量練習題的實踐，孩子可掌握字詞組合變化的原則，更可玩語文遊戲寓學於樂，培養語感及累積對文字的運用能力。

本系列將各種文字趣味融合起來，從字的形音義、字詞變化到句子結構，有效幫助開始接觸中文的孩子，一窺中文的妙趣，進而愛上閱讀，享受閱讀。

使用說明

《字詞樂園》系列共有七本書，每本書以不同的中文知識點為主題：

一、《英雄小野狼》－字的形音義：字形、字音、字義。

二、《信精靈》－字的化學變化：字詞組合。

三、《怪博士的神奇照相機》－字的排隊遊戲：字序及聯想字詞。

四、《巴巴國王變變變》－字的主題樂園：量詞、象聲詞及疊字。

五、《十二聲笑》－文字動物園：與動物有關的成語及慣用語（如斑馬線、牛皮紙、鴨舌帽等）。

六、《福爾摩斯新探案》－文字植物園：與植物有關的成語及慣用語（如雪花、花燈等），以植物的外表和性情形容人的表達方式。

七、《小巫婆的心情夾心糖》－字的心情：表達情緒的詞語，分辨情緒字眼的強弱程度。

目錄

目錄列出書內每個故事最關鍵的語文知識重點。父母或老師可因應學習需要為孩子挑選故事，也可以讓孩子隨着興趣選讀故事，再引導他們學習相關知識。

練習題及親子活動

每個故事後有相關的練習題和親子活動，幫助孩子複習學過的內容，也提供機會給家長與孩子一起玩親子遊戲。

目錄

字的排隊遊戲：字序變化

怪博士的神奇照相機

怪博士的神奇照相機

怪博士在鄉下的實驗室，今天好熱鬧。

「你們看！你們看！」

怪博士從實驗室裏跑出來，手裏拿着一部照相機。

「快來看我的偉大新發明！」

助手小西趕緊跑過來看。

「只是普通的相機嘛。」小西說。

怪博士哈哈大笑。「那你就錯了！」

怪博士把相機對着樹上的貓頭鷹，喀嚓拍了一張。照片馬上從相機裏印出來。

「猜猜照片上是甚麼？」怪博士把照片藏在背後，神祕的說。

「當然是貓頭鷹囉。」

小西打着呵欠。

「錯了！是鷹頭貓！」怪博士把照片拿出來，果然是一隻長着老鷹頭的貓。

「哇！怪物！」

怪博士得意的點起煙斗說：「這台相機可以拍出名字顛倒的照片。厲害吧。」

「甚麼意思？」

「比方說，拍蜜蜂，照片上就會出現蜂蜜。拍花豆，就會出現豆花。拍湯圓，就會出現一碗圓圓的湯。」

「為甚麼你都用吃的東西當例子？」

「因為我餓了嘛。」怪博士摸着肚皮。

小西還是半信半疑，拿起相機對着路邊的鄉下小女孩一拍，照片出來了，咦，還是那個小女孩。

「沒變嘛！」小西抗議。

「你去問問她叫甚麼名字。」怪博士也覺得很奇怪。

「我叫妹妹。」小女孩笑咪咪說。

「難怪沒變。妹妹倒過來還是妹妹。」怪博士吐了個煙圈。

小西又拿着相機到處亂拍。

小孩子拍球的照片，變成一把球拍。

地上小狗吃剩的骨頭，拍出來卻變成頭骨！好恐怖。

田裏的黃牛，拍出來卻變成……

「博士，這是甚麼東西呀？」小西指着照片裏的奇怪東西問。

「這是一種中藥，叫做牛黃。」怪博士

趕快把相機搶回來。

「糟糕！被你拍得只剩一張底片了！這可不是玩具喔，這部相機可以拍出轟動世界的照片！」

小西歪歪頭。「怎麼拍？」

「小西，你的外號叫甚麼？」「鬼靈精。」

「那我只要拍你，就可以拍到世界上第一張真正的鬼照片了，一定會轟動全球！」

「哇！我才不要當鬼照片的模特兒！」

小西拔腿就跑，怪博士趕緊拿起相機一拍……喀嚓！

拍出來的照片，卻是一片空白，只有一根細細的毛在空中飄。

「怎麼會這樣！」博士抱着頭大叫。

小西跑回來一看，笑得好開心。

「博士，我忘了告訴你，」小西說：「我還有一個更有名的外號，叫飛毛腿！」

值日生：小西

怪博士的神奇照相機

*小西與怪博士對抗賽
把字詞倒過來說，產生不同意思：

小西：人家、家人

怪博士：下手、手下

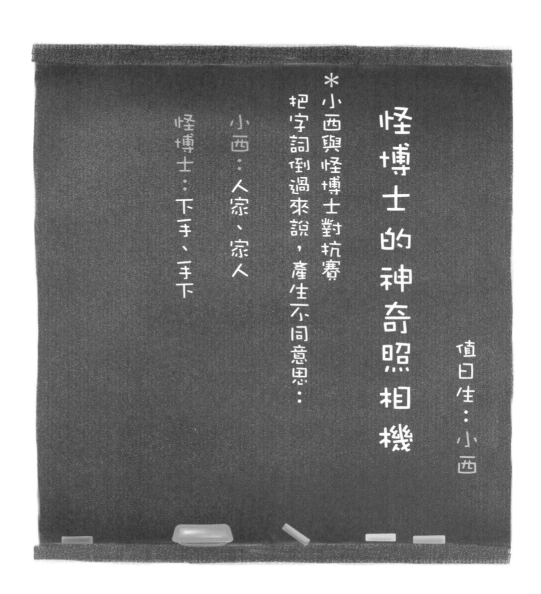

書生嚇一跳

從前從前，有個書生，喜歡喝茶，喜歡作詩。

有一天，他靈機一動，提起筆，寫了五個字：

可以清心也

「啊，」他摀住嘴，免得自己尖叫出來：

「我真是天才！」

他把這五個字寫在茶杯的周圍，慢慢轉動茶杯，不管從哪一個字開始念，都是一句詩！

可以清心也
以清心也可
清心也可以
心也可以清
也可以清心

這是一首「迴文詩」呢！好神奇！隨你怎麼唸都行！從古到今，除了我，誰能寫出這種奇妙的句子？書生這樣一想，就覺得好得意，好興奮。他拿起扇子，撩起袖子，抓抓鬍子，趕快出門去炫耀。

走啊走，走啊走，碰到一個白鬍子老先生。

「老爺爺，你看！」書生有點沒禮貌的拉住人家。「這茶杯多美啊！」

老爺爺把茶杯接過來，仔細瞧。「是啊，好白的茶杯啊。」

「您瞧，這上面有句詩呢。」書生說。

「是嗎？」老爺爺張大眼睛。「可惜我不認識字。」

真倒楣，找到一個不識貨的。書生歎口氣。

「沒關係，我唸給你聽：可以清心也。」書生說：

「你看，不管你從那個字開始唸都可以喔！奇妙吧？」

書生把它唸一遍。

「哇！太厲害了！」老爺爺恍然大悟。

「這叫迴文詩，天下只有我會喔。」

「迴文詩？我也好想作一首試試看。」老爺爺說。

「你？」書生笑得好開心。

老爺爺抬頭看看山，就說了：

「山好高……鳥在飛……繞着山飛呀飛的……」

這是甚麼詩啊？書生摀着嘴笑。

「啊，對了，」老爺爺一拍後腦說：「山高飛鳥繞！」

一顆汗珠從書生額頭滴下來。

山高飛鳥繞、高飛鳥繞山、飛鳥繞山高、鳥繞山高飛、繞山高飛鳥！

沒錯，是一首迴文詩。書生笑不出來了。

「我作得怎麼樣？」老爺爺開心的問。

「還不錯……」書生結結巴巴說：「還要再努力……」

「你還好吧？怎麼臉色發青？」老爺爺扶着書生。

「我叫我孫子倒茶來。」

老爺爺一招手，一個小孩子就從路邊提着茶來了。

「啊，好漂亮的茶杯！」那孩子幫書生倒茶：「上面有首詩呢。」

「對呀，是迴文詩，從哪個字唸都行，全世界只有他會作喔！」老爺爺指着書生說。

「好棒喔！那我也要試試！」孩子跳着說，他東看看，西看看，最後看到路邊有一朵花。

「好漂亮的花，多美啊，有了，好花開多美！」

好花開多美、花開多美好、開多美好花、
多美好花開、美好花開多……

「好好玩喔！」孩子拍拍手。

書生張大了嘴巴。嚇死人了，連

小孩子都會。

「你們你們……」

「先生，我看你臉色不太好，晚上留下來吃飯好了。」

老爺爺說。

過了一會兒，小孫女兒就來叫大家吃飯了：

「請快來吃飯！」

請快來吃飯！快來吃飯，請！

來吃飯請快！吃飯請快來！飯請快來吃！

「迴文詩！這是迴文詩！」書生顫抖着說。

小孫女兒覺得莫名其妙。

「今天吃甚麼啊？」老爺爺問。

從路邊的屋子裏，搖搖擺擺走出一個

老婆婆，笑着說：

「香菜煎雞蛋。」

香菜煎雞蛋，菜煎雞蛋香，煎雞蛋香菜，
雞蛋香菜煎，蛋香菜煎雞……

「這位先生還好吧？」老婆婆說：
「他嘴裏怎麼一直唸唸有詞？」

「噓，沒禮貌。」老爺爺說：「他可能
正在作詩吧，他是個大詩人喔，全世界只有他會
作迴文詩呢！」

值日生：書生

書生嚇一跳

*迴文欣賞

一、「長命多富貴」、「命多富貴長」……

二、「好愛刷牙」、「愛刷牙好」……

三、「　　」——大家一起來玩，換你試試看！

建議答案：花香滿山野（野花香滿山—山野花香滿—滿山野花香—香啊！滿山野花）

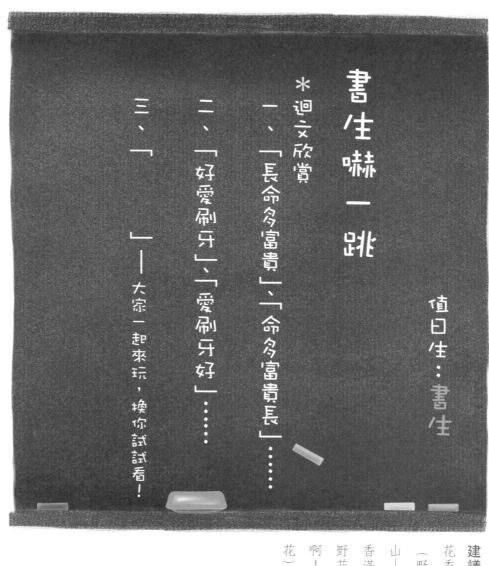

小不點來到點心店

小不點還沒滿七歲，牙齒就快蛀光了。

「小不點，」牙醫叔叔推推眼鏡說：「你不能再吃甜點了。」

小不點點點頭，可是，她實在好愛吃甜點。

於是，她忍耐了三天……忍耐……忍耐……

整整三天……

終於還是忍不住。

小不點又來到了點心店！

服務生是一隻可愛的企鵝，搖搖擺擺走到她

面前。

「你好你好，可愛的小女孩，你叫甚麼名字？你要點甚麼？」企鵝說。

「我叫小不點。」

「甚麼？你不點？不點幹麼要來點心店？」企鵝突然兇巴巴。

大家都知道，企鵝很怕熱，一熱脾氣就不好，這就是為甚麼我們平常在餐廳，很少看見企鵝當服務生。

點心店裏熱騰騰的，企鵝服務生已

經一頭汗，小不點急忙說：

「我要點！我要點！我要點一點小甜點。」

小不點急得站起身，伸出手指對着櫥窗裏漂亮的蛋糕指指點點。

「你看你，」企鵝也急了，把櫥窗玻璃上的指紋擦乾淨。「不要用手點，玻璃都被你點髒了。用說的就可以點了。」

「對不起。」小不點低下頭。

「好吧，快說吧，你要點甚麼甜點？我們這裏只營業到下午一點。」

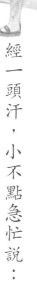

企鵝先生看了看手錶，只剩十分鐘。

「甚麼！」小不點嚇了一大跳。「快點！快點！快給我甜點。這個也給我一點！那個也給我一點！」

於是，企鵝先生搖搖擺擺走了。

由於企鵝走路是左右搖擺的，所以走得很慢，這也是為甚麼我們平常在餐廳，很少看見企鵝當服務生的原因之一。

「你不能走快一點嗎？」小不點眼淚都快流出來了。

「快一點？我這樣已經走得有一點快了。」

「我看一點也不快！」

聽到這句話，企鵝服務生忽然又想起甚麼似

的，轉身走了回來。

「對了，」企鵝說：「忘了問您，您要的甜點，是要一點點甜？還是要甜一點？還是要一點也不甜？」

「一點也不甜還叫甜點嗎？」小不點終於哭了出來。「我只是想要在一點以前吃一點點甜一點的甜點！難道你就不能快一點？」

「快一點？的確已經快要一點了。」企鵝又看看錶，只差三分鐘。

企鵝又搖搖擺擺朝廚房走，

對小不點來說，就好像走了

三天那麼久。

忽然，他又回頭問：「您說，您叫『我要點』是吧？」

「錯！」小不點氣死了，幹麼又突然問名字？她尖叫說：「小不點兒！」

「想不點了？不點也可以。」企鵝把點菜單一撕，然後看看手錶說：「反正我們營業時間也到了，謝謝光臨，下次請早喔。」

說完，企鵝先生就搖搖擺擺走了。

在點心店的廚房裏，企鵝服務生打電話給牙科醫生。

「剛剛小不點來點心店，我已經遵照您的吩咐表演，沒有讓她吃到甜點。」

電話裏傳來牙醫叔叔的掌聲。

「太好了！以後，她的牙齒應該會好一點了。」

果然，從今以後，小不點再也不去點心店了！

小不點來到點心店

值日生：企鵝

＊小不點的「一點造句」大公開

一、要遲到了，媽媽叫我動作快一點。

二、媽媽走得有一點快，因為已經快一點了。

三、我想點路邊的甜點，所以請媽媽走慢一點。

四、路人指指點點，說我滿嘴蛀牙還要吃甜點。

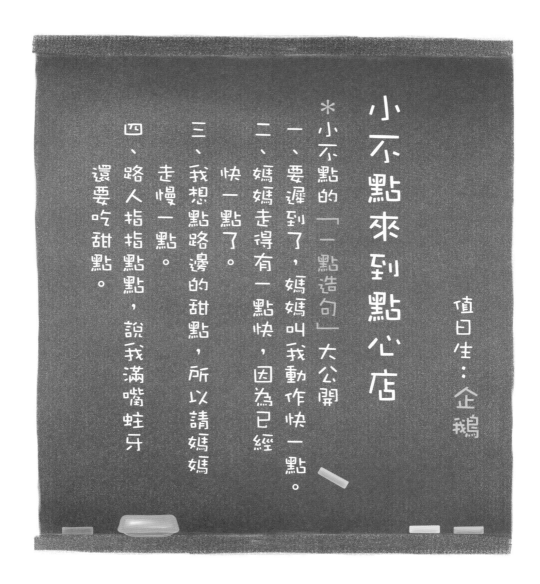

上下文猜測文意

誰來救公主？

有一天，當公主騎着摩托車，噗噗噗的到郊外去野餐時，一不小心，撞到巨人的大拇指。

「啊，對不起，不是有意的。」公主說。

可是巨人還是很生氣，就把公主抓回去。

在巨人的城堡裏，公主一直等着英勇的王子來救她，可是左等右等，就是等不到人。

「唉！只好寫求救信了。」公主想。找來找去，只找到一張巨人的糖果紙可以當信紙，總共只能寫下十個字。

於是，她就寫了十個字：好吃，睡覺，快跑，香蕉，跌跤。

意思是說，巨人好吃懶做，吃飽了就睡覺，王子可以趁巨人睡覺的時候，快跑進來，把公主救走，如果巨人追來了，就丟香蕉皮讓他跌跤。

「王子一定了解我的意思的。我們是很有默契的。」公主對她的小白鴿說。

公主把信綁在小白鴿腳上，讓牠飛去找王子。

王子接到信的時候，正在吃漢堡。

「公主寫信給我呢！」王子認得公主的小白鴿。

王子把信看完，感動得淚眼盈眶。

「怎麼了，王子殿下？」旁邊的僕人問。

「公主實在太關心我了，跟我說漢堡雖然好吃，可是睡覺前不要吃太多，如果消化不良，就快起來跑一跑，或吃點香蕉，幫助消化。不過，香蕉皮不要亂丟，免得別人跌跤。」

「真是個好公主。」

「對呀。」

公主等了三天，都沒人來救她，只好再寫第二封信。

這次，她翻箱倒櫃，總算找到一張稍微大張一點的紙。

她寫着：

親愛的王子：

我被巨人捉來了，你怎麼還沒來救我呢？快把我救走吧，不過要小心巨人，他很愛吃東西，一吃飽就呼呼大睡，這時你要趕快跑來，如果你發現巨人追來，那有個好辦法，丟香蕉皮！

公主敬上

小白鴿腳上綁着信，飛呀飛，勇敢的穿越暴風雨，來到王子的家。

「啊！公主又寄信來了！」王子的僕人把信拆開來。「可惜，被雨淋濕了。」

打開信一看，糟糕，字都糊掉了，變成這樣：

親愛的王子：

我……巨人……了，你怎麼還……我呢？快把我……吧，不……要小心巨人，他很愛吃……，一吃……就呼呼……，這時你要趕快跑……，如果你……追……，那……辦法，丟……！

公主敬上

王子正在客廳看報紙。

「公主說甚麼，快唸給我聽吧！」王子急不及待的說。

「王子，是壞消息，你還是別知道的好。」忠心的僕人說。

「怎麼了？」

僕人就照着他自己的意思，把信唸出來。

親愛的王子：

我愛上巨人先生了，你怎麼還纏着我

呢？快把我忘了吧，不然要小心巨人，他很愛吃醋，一吃醋就呼呼兩拳，這時你要趕快跑開，如果你還是硬要追我，那我也沒辦法，丟臉極了！

公主敬上

王子聽了，就大哭起來。

而在巨人的城堡裏……

「你有把信送到嗎？」公主捧着小白鴿問。

小白鴿點點頭。

「那王子一定會來救我的。」公主高興的說：「我們兩個是很有默契的喔！」

誰來救公主

*王子的回信（請填空）

值日生：小白鴿

□□公主：

我□□□妳，希望□□□□

但是□□□□□□，好吧，

那□□□□就□□□，

巨人□□□我，

祝妳□□！

王子敬上

建議答案：

美美

十分愛

給妳幸福

妳愛上了巨人

我只能夠

此放手

擊敗了

快樂

布娃娃

今天早上，妮妮幫她的布娃娃換新衣服的時候，娃娃對她眨眼睛。

布娃娃活過來了！

雖然是布縫的娃娃，但是會眨眼，會歪頭。

「不會吧？」妮妮又驚又喜。

「不、會、吧？」娃娃學着她說話。

布娃娃會說話，這實在太棒了！不過，妮妮最討厭人家學她說話。

於是，她插着腰說：「不可以學我說話！」

「不可以學我說話。」布娃娃也說。

「我說不可以！」妮妮皺起眉頭。

「我說不可以！」布娃娃也皺起眉頭。

「不可以是我說的，你不可以說不可以。」妮妮說。

「不可以說不可以，那可不可以說可以？」布娃娃說。

妮妮愣了一下。

「可以？可以啊，當然可以說可以。」

「那你就說呀。」布娃娃歪歪頭。

「說甚麼？」

「說可以呀。」

「我為甚麼要說『可以』？」

「可以說你為甚麼不說？」

妮妮差點被它弄糊塗了。

她只好說：「可以說，並不是說我一定要說。」

「可是只要有人說可以說不就可以多多說一說？」

哇，好會說話的布娃娃，舌頭不會打結嗎？哼，我可不會輸給它。妮妮想了想，就說：

「話可不能這樣說。有些話可以說，有些話可以不說，有些話不可不說，有些話可以多說，有些不可以說的話說了就多了。」

這下子，換你糊塗了吧。妮妮

很得意。

可是布娃娃卻不說話了。

「喂，你說說話呀。」妮妮急了起來。

布娃娃眨眨眼，就說了：

「我要說也可以，不說也可以。也可以說，也可以不說。說了又說可不可以？可以。說不說卻又說不可以嗎？也可以呀。可以不可以都是由你來說嗎？誰說的。你說不可以說不可

以我也不可以就不說不可以，你說可以說可以我也可以不說可以，這樣說，你覺得可不可以？」

妮妮真想拿根針把布娃娃的嘴巴縫起來。

「你可不可以不要再說了！」妮妮摀着耳朵喊。

這時候，媽媽走進房間來。

「妮妮，不可以這樣大聲喊！」

「誰說的！」

媽媽板起臉來。「你不可以這樣對媽媽說話！快說對不起。」

「我為甚麼要說對不起？」妮妮說。

「可以說你為甚麼不說？」娃娃說。

媽媽看到布娃娃說話，就昏倒了。

妮妮瞪了布娃娃一眼：「從來沒看過像你這麼伶牙俐齒的布娃娃！」

「那可不！」布娃娃向妮妮眨眨眼說。

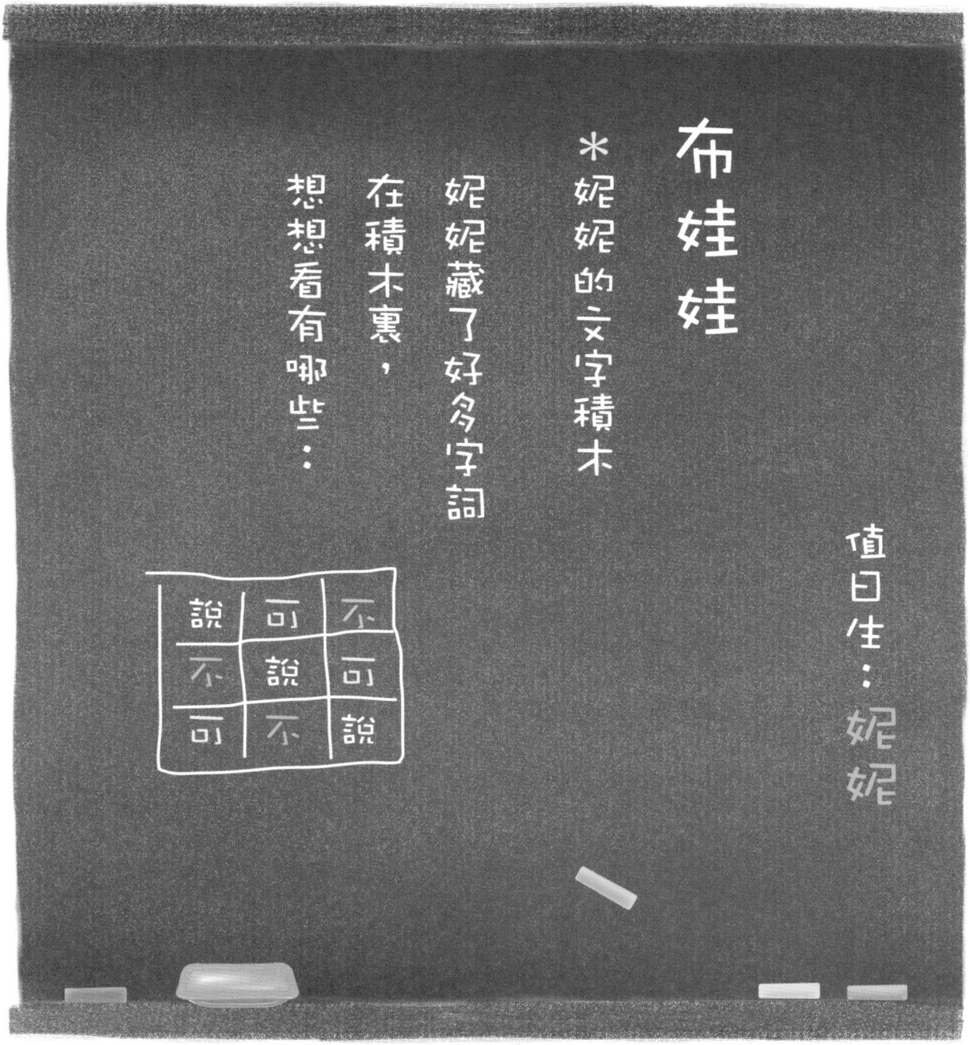
布娃娃
*妮妮的文字積木
妮妮藏了好多字詞
在積木裏，
想想看有哪些：
說 可 不
不 說 可
可 不 說
值日生：妮妮

答案：
不可說
可說不
說不可
可不說

龍寶寶玩接龍

「快來玩！快來玩！」

海底的水晶宮裏，龍寶寶一大早就起牀，到處找玩伴。

蝦兵和蟹將，個個都還睡眼矇矓。

「你們不跟我玩的話，」龍寶寶手插腰。「我就去告訴海龍王。」

蝦兵和蟹將馬上張大眼睛，打起精神。

海龍王的脾氣，那可是壞得出名的！

「我們來玩接龍吧。」蝦兵揉揉眼睛說。

「對對對。」蟹將猛點頭，玩這種遊戲，最不花力氣。

「接龍？怎麼玩？」龍寶寶頭一歪。

「說的話頭尾相連，就叫接龍。」蟹將解釋：「大家輪流說，一人說一句，前一句的最後一個字，就成了下一句的開頭。」

「比方，」蝦兵說：「我先說『早起』！」

「我就說『起飛』。」蟹將說。

「飛快！」蝦兵說。

「快樂！」蟹將說。

「樂園！」蝦兵說。

「我會了我會了！」龍寶寶歡呼說：「該我了！」

蝦兵和蟹將鬆了一口氣，趕緊閉上眼睛休息休息。

「樂園……園……園要接甚麼呢？」龍寶寶想了半天。「有了，園遊會！」

「不行不行，」蝦兵搖搖頭。「那是三個字，剛剛玩的是兩個字的接龍。」

「誰規定只能兩個字？」龍寶寶又嘟起嘴。「我去告訴海龍王！」

蝦兵蟹將趕緊閉嘴。

「現在開始改成三個字，換你們

了！」龍寶寶説：「別慢吞吞的。」

「遵命。園遊會的話……會……會……會議室。」蝦兵説。

「甚麼是會議室？」龍寶寶問。

「就是開會的地方。」

「沒聽過，重講一個。」龍寶寶捻着龍鬚説。

「會……會……」小蝦兵臉紅得像煮熟的蝦子一樣。「有了，會不會！」

小蝦子鬆了一口氣，換成蟹將急得紅通通。

「會……會……會錯意！」蟹將也鬆了一口氣。

4 意想不到

現在又換龍寶寶了。

「意……意……」龍寶寶會的字不多。「意想不到？」

「那又變四個字了。」蝦兵蟹將說。

「不可以嗎？」

「可以可以。」

於是，就這樣，他們玩的接龍遊戲，字數越來越多，句子越來越長。

最後變成這樣：

是一個美麗的好地方你說
啊是啊如果能夠睡得飽一
就更好了

「今天天氣很好。」龍寶寶說。

「好寶寶真乖巧。」蝦兵說。

「巧克力真好吃。」蟹將說。

後來，更是變成這樣：

「海底世界是一個美麗的好地方你說是不是？」龍寶寶說。

「是啊是啊如果能夠睡得飽一點那就更好了。」蝦兵說。

「了？」蟹將急得猛抓頭，「了」這個字要怎麼接？「可以唸成了解的了嗎？」

「不行！」龍寶寶好開心，終於可以處罰了。「接不下去，就要罰跑三圈！」

蟹將只好繞着水晶宮跑了起來。

這一天，蝦兵和蟹將總共罰跑了三十多圈。

「都是你出的鬼主意。」晚上睡覺前，蟹將哭喪着臉說。

「我還以為這個遊戲最不花力氣……」

蝦兵也有氣無力。「沒想到……吃力不討好。」

「好心沒好報。」蟹將接着說。

「報……報告海龍王。」「王……王……」

「別接了，我求求你，快睡吧。」

值日生：蝦兵和蟹將

龍寶寶玩接龍

*水晶宮裏的接龍遊戲

蝦兵：魚躍龍門

蟹將：門庭若市

蝦兵：市井小民

蟹將：（　　）

答案：民不聊生

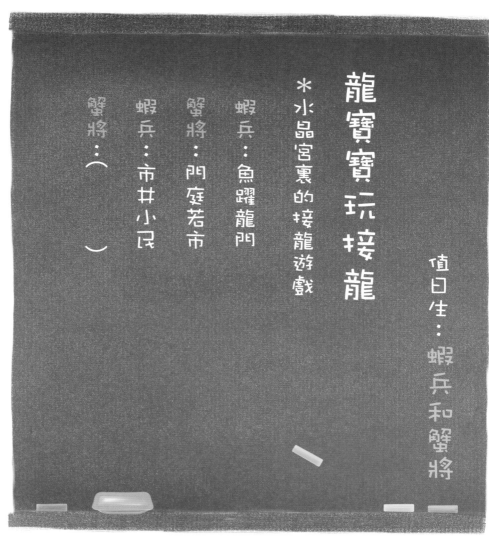

傻孩子與機械人

傻孩子有個好媽媽。

每一次，傻孩子做了傻事，總是說：「哎呀，我真傻。」

這時候，媽媽就會安慰他說：「傻孩子，你一點也不傻呀。」

為了幫助傻孩子，有一天，媽媽看到報紙上登出最新型機械人的廣告，就馬上去買了一台回來。

好棒的機械人！一進家門，就會鞠躬敬禮，

看起來好聰明，不過它不會說話，只有一個亮晶晶的螢幕。

媽媽問它：「你叫甚麼名字？」機械人指一指胸口的螢幕，螢幕上出現三個字。

媽媽看了看說：「馬力歐！」

「太好了！」媽媽告訴傻孩子：「以後你有甚麼問題，都問馬力歐！」

「嗯！那我就再也不會做傻事了！」傻孩子也好開心。

第二天，傻孩子一個人在家看棒球，他是個棒球迷。

他帶着球棒，穿着球衣，盯着電視，目不轉睛，一點也沒聽見門被悄悄打開，一點也沒看見小偷悄悄溜進來。

當小偷拎着錢包，正要逃走時，傻孩子才被嚇了一跳。

「馬力歐！怎麼辦？」他趕緊問機械人。

亮晶晶的一行字，出現在機械人的螢幕上。

傻孩子歪着頭，看着螢幕，唸着說：

「賊、打、棒、球、拿、手。」

傻孩子回頭問小偷：「你真的對棒球很拿手嗎？」

小偷點點頭。

「耶！」傻孩子歡呼，邀請小偷坐下來，拜託他當球評，講解給他聽，一直到比賽結束，才高高興興送他出門。

機械人在旁邊急得直揮手。

媽媽回來以後，到處找不到錢包，傻孩子才恍然大悟。

「哎呀，我真傻。」傻孩子敲敲頭說：「我唸反了！」

原來，馬力歐是說「手拿球棒打賊」。

傻孩子紅着眼眶把這件傻事講給媽媽聽。

「傻孩子，你一點也不傻。」

媽媽苦笑着說：「因為你這麼一說，我才知道，我也唸反了，他的名字應該叫歐力馬，不叫馬力歐。」

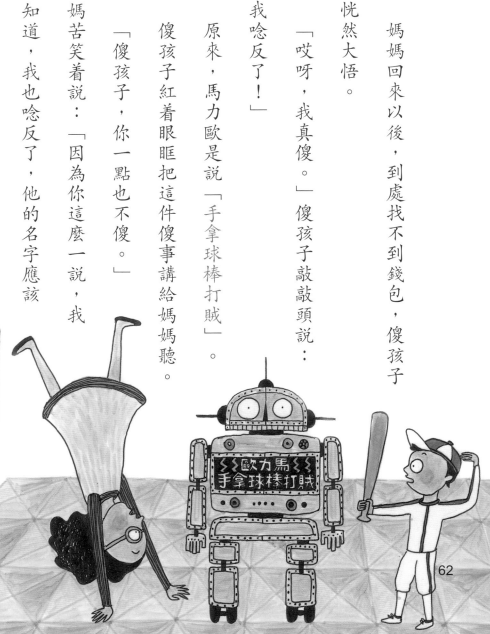

值日生：傻孩子

傻孩子和機械人

＊傻孩子的新發現：

下面這個句子
從左邊唸、
從右邊唸，
怎麼唸
都一樣喔

上海自來水來自海上

巧克力小偵探

克力的名字叫克力，是因為他爸媽愛吃巧克力。

當然，他們不但愛吃巧克力，也愛克力。

克力也愛吃巧克力，也愛愛吃巧克力的爸媽，爸媽也愛愛吃巧克力的克力。

就是這樣。

所以，當今年聖誕節來臨的時候……

「猜猜你的聖誕禮物是甚麼？」爸媽神祕的說。

「當然是巧克力！」克力笑說：「太好猜了。」

「那你知道你的禮物藏在哪裏嗎？這可不好猜喔。」

克力東找找、西找找，都找不到。

克力的妹妹，也跟着東找找、西找找，也找不到。

剛剛忘了介紹，克力有個妹妹叫珠力，珠力也愛吃巧克力，也愛愛吃巧克力的克力，爸媽也愛愛吃巧克力的珠力……這就不用再說了。

克力和珠力，都找不到巧克力，爸媽就給他們一張紙條說：「線索在這裏。」

克力興奮了起來，除了巧克力，他最愛的就是偵探遊戲。

他打開紙條，上面寫着：

冰冰冷冷的冬天路邊
箱子裏有三隻小貓咪
牛媽媽抱回家養
奶水不夠怎麼辦
瓶裝鮮奶買三打
下次就算撿到三隻小豬也不怕

珠力歪着頭想不透這是甚麼。

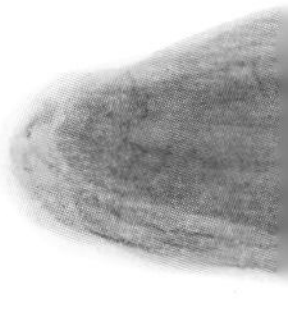

克力把紙片翻面，上面寫着：

「哈，我懂了！」克力喊。

「快說，巧克力藏在哪裏？」珠力喊。

「點一點每個句子的頭，念念看。」克力說。

「冰、箱、牛、奶、瓶、下！」珠力說。

「答對了！」爸媽拍手。

他們飛奔到廚房，打開冰箱，拿起牛奶瓶，

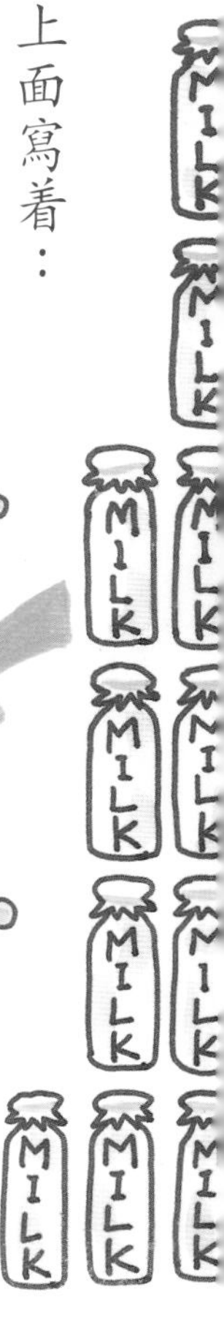

下面又有一張小紙條！

紙條上寫着：

很快春天就來到
三隻貓咪曬太陽
牛媽媽靠着窗台
看着牠們抓抓又打打
小貓玩耍胃口開

一隻隻望着窗
盯着牛媽媽手裏的奶瓶看
牛媽媽先餵白貓再餵黑貓再餵花
每隻都喝一大盆
餓得好像一池子鮮奶也喝得下

紙條背面寫着：

點一點腳趾頭

「誰的腳趾頭？」珠力問。

「我懂了！」克力說：「句子的腳趾頭。」

珠力點着每一句的腳趾頭，也就是最後一個字，唸着說：「到陽台打開窗看……」

還沒唸完，他們就飛奔到陽台，打開窗戶，抬起花盆，下面又有一張紙條！

紙條上寫着：

貓咪說媽媽謝謝你　8

我們會當個好孩子　6

又乖又健康 4
牛媽媽把牠們抬上肩膀 7
一個個摸摸頭說 6
看來我沒有白費力氣嘍 1

每一句後面，多了一個數字。紙條背面，卻甚麼也沒有。

「完蛋了，這個這麼難。」

珠力哭着說：「巧克力到底在哪裏？」

「我懂了！」克力卻說：

「只要會數數兒就行。」

克力教珠力一句一句數數兒，第一句的第八個字、第二句的第六個字……

然後，他們把數出來的字，唸出來：

「你好棒！抬頭看！」

他們抬頭一看，屋簷下掛着一大盒亮晶晶的巧克力禮盒！

「你們真的好棒！」爸媽把他們抱起來親臉頰。

「那當然，」克力說：「因為我們是巧克力小偵探！」

值日生：小偵探

巧克力小偵探

*猜猜是甚麼？

一、說他是頭牛，無法拉車跑，
說他力氣小，卻能背屋跑。（猜一昆蟲）

二、年紀並不大，鬍子一大把，
不論遇到誰，總愛喊媽媽。（猜一動物）

答案：
蝸牛
山羊

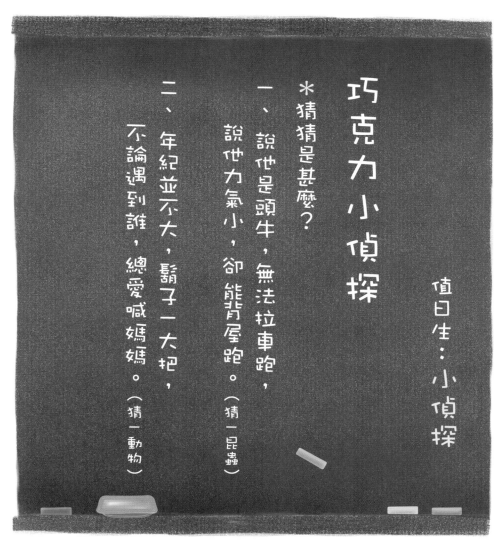

紅妖怪 白妖怪

從前從前，有個「大膽村」，村名雖然叫「大膽」，其實只是用來壯膽，因為附近常常會出現妖怪，把村民們嚇得半死。

有一年，又來了兩個妖怪，一個紅，一個白，張牙舞爪，好可怕。

「紅妖怪，白妖怪，」村民們發抖着說：「別害我們，我們會給你們送上大魚大肉。」

紅白妖怪覺得好高興，它們其實也很膽小，甚麼本領也不會，只會張牙舞爪。

「太好了！」它們高興得抱在一起。「村民覺得我們很可怕耶！」

可是，大魚大肉都被妖怪吃光以後，村民們終於受不了了。

「誰不怕妖怪？誰能趕走妖怪？請起立！」在村民大會上，村長問大家。

大家都不敢站起來。

正好，村子裏最近來了個流浪漢，名叫「張結巴」，他長得人高馬大，坐着看起來就好像站着一樣。

「你真勇敢！」村長對他說：「你長得這麼高大，妖怪一定看了你就怕。」

「這這這……」張結巴從小一張口就結結巴巴。他想說「我口吃，妖怪才不怕」。不過，他沒讀過書，再加上結巴，就說成這樣：

「我……我口吃妖怪……才不怕。」

村民們一聽，又驚又喜，鼓掌通過，讓張結巴去趕妖怪。

大家把張結巴帶到妖怪住的山洞。

「趕走妖怪的事，就拜託你了，」村長說：「你真的不怕？」

張結巴心裏想：「這洞裏有甚麼？……好害怕……」

嘴巴說出來卻變成：「這洞裏……有甚麼好害怕！」

於是大家就把他推進山洞去了。

「妖怪！別以為我們怕你！我們派一個專門吃妖怪的勇士來了！」

村民們在洞口這樣大喊

一聲，然後就一哄而散。

紅白妖怪在山洞裏聽到，嚇一大跳。可是它們還是裝出很可怕的樣子。

「還以為大膽村都是膽小鬼呢。」它們對張結巴張牙舞爪的說：「你就是那個吃妖怪的勇士嗎？」

「我是……我是……」張結巴的後半句話，一直說不出來。

「那你知道我們是誰嗎？」

「膽小鬼！」張結巴的後半句話，這才

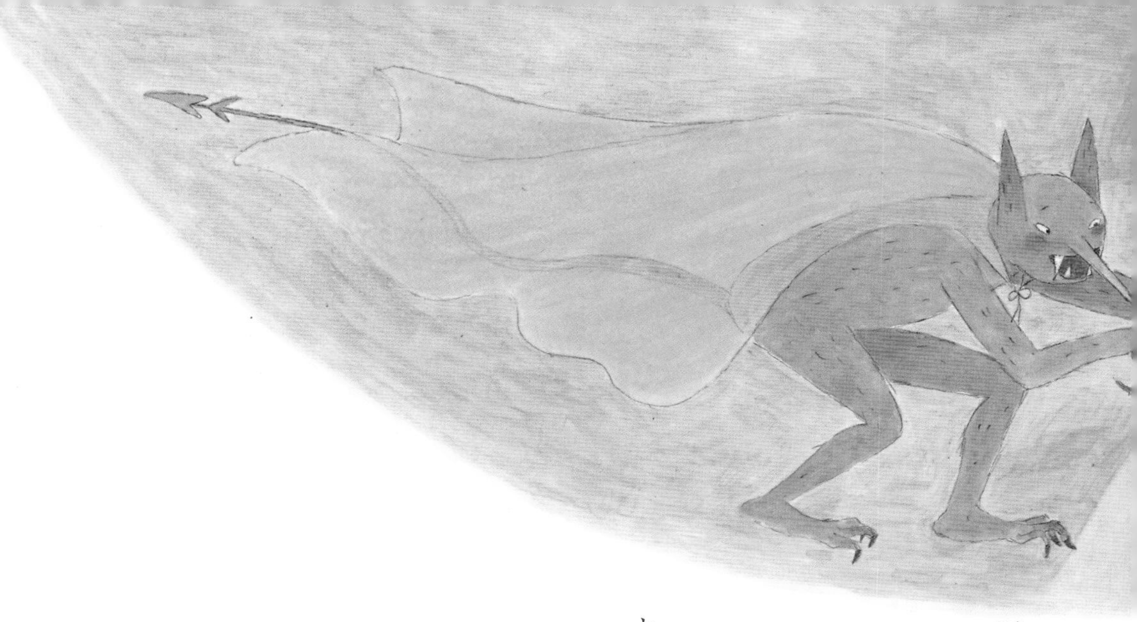

說出來。

紅白妖怪互相看了一眼。

原來他知道我們是膽小鬼呢！它們想。

「哼！」它們鼓起勇氣說：「有本事就來吃啊，你要先吃白妖怪，還是紅妖怪？」

張結巴想說「不吃白……不吃紅……」，一張口，卻說成：

「不吃白不吃，紅！」

紅妖怪嚇得跳起來，一溜煙逃走了。

白妖怪發着抖說：「你憑甚麼吃妖怪？

力氣大嗎？膽子大嗎？難道你都不怕！」

張結巴想說：「害怕！我不會吃妖怪，沒甚麼力氣，嚇死人了！」

他一張口，卻說成：「害怕我不會……吃妖怪沒甚麼……力氣嚇死人了！」

白妖怪一聽，腳都軟了。

張結巴也很害怕，一步一步偷偷往洞口走，想偷溜。

「怎麼？要走了？不跟我打一架嗎？」白妖怪說。

張結巴想說：「我怕你打，不過，我溜得倒很快。」說出來卻變成：「我怕你打不過我……溜得倒很快。」

白妖怪心想：原來他是怕我逃走，才堵住洞口，這下子非逃命不行了！

咻！白妖怪化成一陣白煙，溜了。

「真奇怪！」張結巴摸着頭說：「為甚麼它們都跑光了？」

他這才發現，經過這一陣驚嚇，他再也不結巴了！

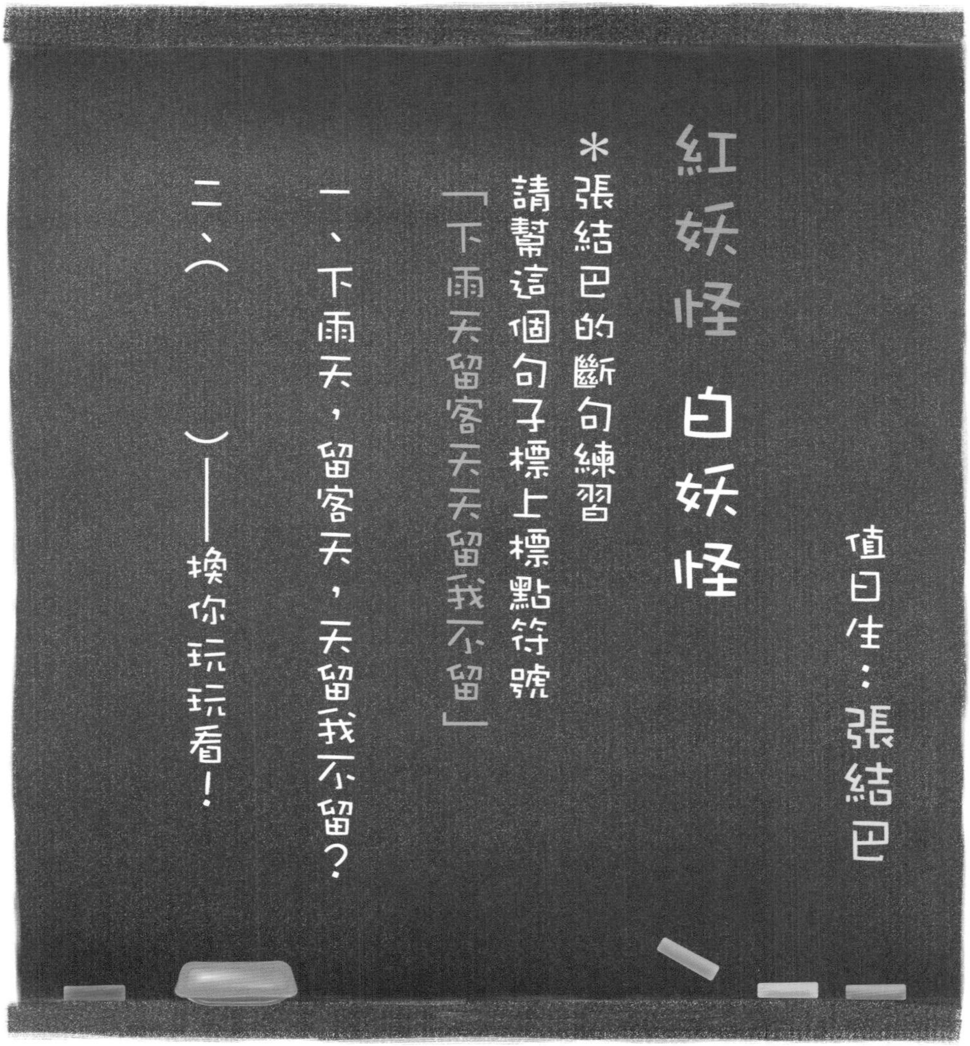
值日生：張結巴
紅妖怪 白妖怪
＊張結巴的斷句練習
請幫這個句子標上標點符號
「下雨天留客天天留我不留」
一、下雨天，留客天，天留我不留？
二、（　　）——換你玩玩看！

答案：下雨天留客，天天留，我不留。

推薦文

閱讀和文字，文字和閱讀

兒童文學專家　林良

關心兒童閱讀，是關心兒童的「文字閱讀」。

培養兒童的閱讀能力，是培養兒童「閱讀文字」的能力。

希望兒童養成主動閱讀的習慣，是希望兒童養成主動「閱讀文字」的習慣。

希望兒童透過閱讀接受文學的薰陶，是希望兒童透過「文字閱讀」接受文學的薰陶。

閱讀和文字，文字和閱讀，是連在一起的。

這套書，代表鼓勵兒童的一種新思考。編者以童話故事，以插畫，以「類聚」的手法，吸引兒童去親近文字，了解文字，喜歡文字；並且邀請兒童文學作家撰稿，邀請畫家繪製插畫，邀請學者專家寫導讀，邀請教學經驗豐富的小學教師製作習題。這種重視趣味的精神以及認真的態度，等於是為兒童的文字學習撤走了「苦讀」的獨木橋，建造了另一座開闊平坦的大橋。

導讀

字的排隊遊戲

陳凱筑 老師

在熱鬧非凡的城市中，我見過人們的隊伍。人山人海的場面讓路顯得擁擠，卻也在擁擠中突顯出一排排隊伍的規律——排隊看電影、排隊買甜甜圈、排隊上公車、排隊等電梯。人們習慣了排隊，在隊伍中找到秩序，也在隊伍中看見自己的位置。

文字也會排隊嗎？是的，中國字有着神奇的魔力，可以排隊玩遊戲，可以排隊傳達意義。有些字與詞，在一種隊形中代表着一種意思，卻在另一種隊形中代表着別種意義。讓我們透過文字的組合方式，和文字玩一場排隊遊戲，也和文字進行一場「隊形攻防戰」！

一、直行隊形——字詞大接龍

以學齡中的孩子而言，最直接認識字的場所便是學校，而通常會逐字拆解意義

引導孩子們去認識的媒介即為課本。漸漸的，孩子所接觸的學習媒材愈來愈廣泛，他們會開始從其他書籍、媒體、或對話溝通中認識字與詞，並且了解到「字」必須在「詞」中方能產生意義。因此，「字」與「詞」是不可分割的。

若要測驗孩子在字詞應用上的能力，「字詞接龍」是一種方便又有趣的方式。在本書的「龍寶寶玩接龍」中，龍寶寶以「早起—起飛—飛快—快樂—樂園」為字詞接龍的開始，再逐步加深難度，從「二字詞」衍化為「三字詞」，最後可以應用在句子與句子之間的續接，如「今天天氣好好—好寶寶真乖巧—巧克力真好吃」。關於「接龍」，可用於字詞的接續，亦可用於數字上的接續，如「一、二、三、四、五」等。

無論是哪一種接龍遊戲，目的都在激發孩子對字、詞聯

想的擴散能力，並且透過遊戲規則的要求，讓孩子的思考能夠有所限制，以免造成天馬行空的胡亂回答。這些遊戲的規則可稍加變換：玩成語接龍時，可規定必須說出「含有兩個數字」的成語，如「五花八門——六六大順——七上八下」等等。在喚起學生背景知識的同時，更訓練了孩子的語用能力。

二、方塊隊形——字義小柯南

「猜字」是中國字最饒富趣味的種類之一，透過謎題的線索，連結已知的學習，並且也在答案中獲得回饋。本書中「紅妖怪白妖怪」、「誰來救公主」與「巧克力小偵探」幾個故事，都着重了「猜測」的主題。有的是猜字義，有的是猜句義；有的則是以不同的斷句方式來猜測文意，並得出「斷句不同將導致句意不同」的結論。

在「巧克力小偵探」故事裏，克力一家人最愛的就是偵探遊戲，透過句組及

成篇的詩文，來傳達訊息——克力因而得知爸媽的意思是「冰箱牛奶瓶下」。訓練孩子在詩或文章中找出答案，重要的是要讓孩子能夠清楚的看出提示，並且依照提示出答案。在初始的活動中，可依孩子的能力先讓孩子練習較為簡單的謎題，再逐步加深此類題目的難度，使孩子成為「字義小柯南」！

猜謎遊戲除了讓孩子「看題目、找答案」外，還包括了一個重要的「想答案」歷程——在此歷程中，可鼓勵孩子應用「放聲思考」的方式來增進自己的理解能力；透過說出自己的思考過程，讓旁人理解解答者是如何推理的，並且針對說出來的內容，給予進一步的提示及線索，鼓勵解答者一步步解析出答案。另外值得一提的是，遊戲中的字謎提示不一定要「部首相同」，只要讓孩子能夠清楚該線索所代表的意義即可。

「猜測」的活動本就充滿挑戰性與想像力，在帶領的過程中，解答者透過自己的想像與已知的提示達到字義甚至句意的理解，配合比對，培養孩子「根據線索找答案」的能力，甚至可以運用於語文以外的領域。

三、圓圈隊形——字序大變身

修辭學中，「迴文」是相當高段的一種境界。藉由字的排列組合，營造出「怎麼唸都行」的詩意，並且透過「怎麼唸都行」的多重解釋，讓字義發揮最大的解釋性。本書的「傻孩子與機械人」、「怪博士的神奇照相機」與「書生嚇一跳」三篇文章，都着重了「字的迴向」主題——有些詞正着唸、反着唸都有此用法，有些句子正着讀、倒着讀都讀得通，且有不同的境界。

「迴文」的意境在於，將名詞、形容詞、副詞、動詞組合起來，當聽者連結至慣

用語以及對詞的認識後，多半都能發出會心一笑；透過解釋與轉譯，讓每一種唸法都能成立，這就是「怎麼唸都行」的奧妙之處。

四、結語——文字排排站

我想像着許多文字，正像人一樣，排隊看電影、排隊買甜甜圈、排隊上公車、排隊等電梯……它們會呈現出甚麼樣的隊伍？一定是直直的排着隊嗎？是彎彎曲曲的？還是亂中有序，儘管看來不像個隊伍，卻有一定的順序蘊含其中？

無論是如直行隊伍的接龍遊戲，字組整齊如方塊隊形的猜測遊戲，或是字序改變、如圓形隊伍般的迴文遊戲，都引領人走入一場文字排排站的洗禮。藉着本書，讓我們走進與文字一同排隊的世界，人與文字，一同分享着生活中的喜怒哀樂。

書　　名：怪博士的神奇照相機
編　　著：哲　也
繪　　圖：許文綺
封面繪圖：許文綺
封面設計：郭惠芳
責任編輯：黃家麗
出　　版：商務印書館（香港）有限公司
香港筲箕灣耀興道三號東滙廣場八樓
http://www.commercialpress.com.hk
發　　行：香港聯合書刊物流有限公司
香港新界荃灣德士古道 220-248 號荃灣工業中心 16 樓
印　　刷：美雅印刷製本有限公司
九龍官塘榮業街六號海濱工業大廈四樓 A 室
版　　次：二零二二年四月第四次印刷

ISBN 978 962 07 0403 1
Printed in Hong Kong